# LOS OSOS SCOUTS Berenstain

## y el
# robot chiflado

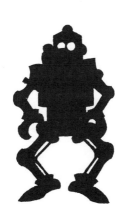

# LOS OSOS SCOUTS Berenstain

## y el
# robot chiflado

## por Stan y Jan Berenstain
### Ilustrado por Michael Berenstain
### Traducido por Susana Pasternac

PAPEL

# The Northfield Book Bus
### Northfield Public Library
### 210 Washington Street
### Northfield, MN 55057

SCHOLASTIC INC.
New York  Toronto  London  Auckland  Sydney

Originally published in English as *The Berenstain Bear Scouts
and the Run-Amuck Robot.*

ISBN 0-590-94478-9

Text copyright © 1997 by Berenstain Enterprises, Inc.
Translation copyright © 1997 by Scholastic Inc.
All rights reserved. Published by Scholastic Inc.
MARIPOSA Scholastic en Español and the MARIPOSA logo are
trademarks of Scholastic Inc.

10 9 8 7 6 5 4 3 2 1                    7 8 9/9 0 1/0

Printed in the U.S.A.

First Scholastic printing, September 1997

# • Índice •

**1.** ¡Oigan, chicos! ¡Esperen!          1

**2.** ¿Problemas en el Osonian?          6

**3.** De misterio en misterio          12

**4.** El ojo en la mirilla          17

**5.** ¡Pssst!          23

**6.** Espiar o no espiar          32

**7.** Sobre la pista de Gil          36

**8.** En el vientre del Osonian          38

**9.** El cuerpo bajo la sábana          42

**10.** ¡Bajen y vengan!          50

**11.** ¡Profesor! ¡Profesor! ¡Venga rápido!          57

**12.** Roboso refriega          62

**13.** ¡Ton-toron-ton—ton!          70

**14.** ¡A divertirse!          76

**15.** Recalentado          86

**16.** Una idea oportuna          88

# LOS OSOS SCOUTS Berenstain

y el

# robot chiflado

# • Capítulo 1 •

## ¡Oigan, chicos! ¡Esperen!

Los osos scouts se dirigían hacia su club secreto en el gallinero al fondo de la granja de Prudencio. Generalmente lo hacían acortando camino por el prado, pero era un día tan agradable que decidieron alargar camino pasando por la propiedad de Severo Ricachón.

Ricachón era el oso más rico del País de los Osos y su propiedad era una clara prueba de ello. Se trataba de un lugar espectacular, con elegantes jardines, hermosas estatuas y brillantes fuentes de agua. Y, por supuesto, la mansión era magnífica.

Cuando estaban pasando por el camino de ronda que servía de entrada a los autos, los

1

osos scouts escucharon que alguien los llamaba a gritos:

—¡Oigan, chicos! ¡Esperen!

La voz era familiar, pero no lograron saber a quién pertenecía hasta que, al doblar por el camino, vieron a Agustín, el mayordomo de Ricachón que corría por el sendero gritando y agitando los brazos. Pero el pobre Agustín no estaba en condiciones de correr. Su enorme barriga se bamboleaba de arriba abajo y cubría, al subir y al bajar, casi tanto territorio

como el que su jadeante dueño empleaba para avanzar.

—¡Oigan, chicos! ¡Esperen! —gritaba Agustín, ya casi sin aliento.

—Vamos —dijo Hermano Oso—. Corramos a su encuentro. Agustín no está preparado para este tipo de trajines.

Los osos scouts cambiaron el curso de su camino y se acercaron corriendo. Al verlos venir, Agustín se detuvo y se sentó al borde del camino a esperarlos mientras trataba de recobrar el aliento.

—Cálmese, Agustín, cálmese —dijo Hermano Oso.

—Descanse —dijo Hermana Osa—, y trate de recobrar la respiración.

Fredo y Lía estuvieron de acuerdo y asintieron.

—¿Qué pasa? ¿Para qué desea vernos, Agustín? —preguntó Hermano Oso.

—Oh, no soy yo el que desea verlos —dijo Agustín resollando—. Es la señora Ricachón.

Los scouts se miraron entre ellos y luego miraron a Agustín que se había puesto de pie

4

y había vuelto a recobrar toda la dignidad de su aspecto.

—¿La señora Ricachón quiere vernos? —preguntó Hermano Oso.

Encogiéndose de hombros e interrogándose con gestos, los osos scouts siguieron a Agustín por el camino de ronda que llevaba a las macizas puertas de madera de la mansión.

¿Para qué querría verlos la señora Ricachón?

# • Capítulo 2 •

## ¿Problemas en el Osonian?

Los osos scouts ya habían visitado antes la mansión de los Ricachón. Habían venido con Papá Q. Oso, el papá de Hermano Oso y Hermana Osa. Papá Oso era uno de los mejores carpinteros de Villaosa y había hecho muchos trabajos para los Ricachón, especialmente en la valiosa colección de antigüedades de la señora Ricachón. Así es cómo los osos scouts habían tenido la oportunidad de conocer a Agustín. Cada vez que Papá Oso llevaba o traía sus trabajos, los osos scouts lo acompañaban. Pero nunca antes habían entrado por la puerta principal, ni se habían encontrado frente a frente con la señora Ricachón.

Los osos scouts siguieron a Agustín hasta el

vestíbulo. Mientras se atragantaban de asombro ante el enorme y espléndido lustro central y los retratos de los antepasados de la familia Ricachón, Agustín abrió la puerta doble que conducía al salón. Luego, penetrando en el imponente salón, hizo lo que, según las películas, hacen todos los mayordomos, dijo: "Si la señora permite, los osos scouts están aquí para verla". Los osos scouts pensaron que ése era el momento en que les tocaba entrar, y así lo hicieron.

La señora Ricachón los recibió cálidamente.

—¡Qué placer verlos! —dijo, estrechando la mano de cada uno de ellos y agregó—, Agustín, por favor envíe a Berta con el té.

—Tomen asiento, queridos míos —continuó la señora Ricachón, indicando una mesita de té antigua rodeada de cinco sillas también antiguas—. Oh, aquí viene Berta con el té.

Berta puso una gran bandeja de plata sobre la mesa. En la bandeja se veían hermosas tazas de té y una azucarera de porcelana china, una tetera de plata y una pila de platillos de postre. En el medio de la bandeja había un fabuloso plato con pastelillos cubiertos de chocolate y de crema pastelera rosa y blanca. Cada pastelillo tenía algo diferente: almendras en los de color rosa, nueces en los blancos y avellanas en los de chocolate, y todos tenían un aspecto delicioso.

—¡Cielos! —dijo la señora Ricachón cuando comenzó a servir el té—. Quizás ustedes prefieran leche.

—Está bien así, señora —dijo Hermano Oso—. Tenemos permiso para tomar té en ocasiones especiales.

—¿Quieren limón o azúcar con el té? —preguntó la señora Ricachón y, según lo que indicaba cada cachorro, ponía una rodaja de limón o un terrón de azúcar en la taza de té.

Los osos scouts estaban muy curiosos por saber para qué quería verlos la señora Ricachón.

—Umm..., señora Ricachón —dijo Hermano Oso—, ¿nos quería ver por alguna razón especial?

—Oh, sí. Algo muy especial —dijo la señora

Ricachón—. Corríjanme si me equivoco, pero tengo entendido que ustedes son muy amigos del profesor Ipso Facto, el director del Instituto Osonian.

—Así es —dijo Hermano Oso.

—Y que ustedes lo quieren mucho —agregó.

—Sí, lo queremos mucho —dijo Hermano Oso.

—Y —continuó la señora Ricachón—, ustedes querrían ayudarlo con lo que sea.

—Por supuesto —dijo Hermano Oso—. Haríamos cualquier cosa para ayudarlo.

—Bueno, entonces no hay nada que discutir —dijo la señora—. Deben presentarse en el Osonian mañana por la mañana para ayudar como cicerones asistentes.

—¿Cice...qué? —preguntó Hermana Osa.

—El Instituto Osonian abre a las nueve. Los iré a buscar con mi limosina a las ocho y media. Y ahora, si me disculpan, tengo muchas cosas que hacer.

Los scouts tenían un montón de preguntas para hacer. Pero con las bocas tan llenas de pastelillos de chocolate y de crema rosa y blanca no pudieron decir ni mú.

—Agustín —dijo la señora Ricachón, llamando a su mayordomo—. Podría usted conducir afuera a nuestros queridos amigos.

Antes de que los scouts pudieran entender

lo que estaba ocurriendo, fue allí donde se encontraron: afuera.

—¿Cicerone? —dijo Hermano Oso—. ¿Qué diablos es un cicerone?

—Cicerone —dijo Fredo, que siempre leía el diccionario para entretenerse—, es un guía o maestro que explica las cosas en un lugar, en un museo, etc.

—¿Alguien tiene idea de lo que está hablando la señora Ricachón? —preguntó Hermano Oso.

—Tun-tun —dijo Hermana Osa.

—¿Quién es? —preguntó Lía.

—Un cicerone —respondió Hermana Osa.

—¿Cicerone qué? —dijo Fredo.

—Si...cero es lo que la señora Ricachón nos dijo sobre el problema —dijo Hermana Osa.

Cuando los osos scouts salieron de la propiedad de los Ricachón, estaban convencidos de dos cosas. Una, que algo misterioso estaba ocurriendo en el Instituto Osonian. Y otra, que mejor se aparecían sobre la Vía del Águila a la mañana siguiente para saber de qué diablos se trataba.

## • Capítulo 3 •

## De misterio en misterio

El hecho de que el día siguiente amaneciera con mucha neblina no hizo más que aumentar el misterio. Mientras esperaban sobre la Vía del Águila, los scouts tenían cada vez más preguntas sin respuestas. ¿Estaría el profesor Ipso Facto en un aprieto? ¿Tendría problemas? Y si así era, ¿qué tipo de problemas? Si el profesor necesitaba cicerones asistentes, ¿por qué no se los había pedido él mismo? Por cierto, los osos scouts no habían visto al profesor desde hacía mucho tiempo y, como el profesor había hecho tanto por ellos, no pudieron menos que sentirse culpables.

Oyeron la limosina de la señora Ricachón antes de verla llegar. El enorme vehículo de color berenjena apareció entre la niebla como un fantasma púrpura y se detuvo frente a ellos. Sixto, el chófer, bajó para abrirles la puerta.

¡Un momento! Ése no era Sixto, era Agustín que llevaba el sombrero de chófer. ¿Sería el día de descanso de Sixto? ¿O era otra cosa? Todo esto se estaba poniendo cada vez más misterioso.

La señora Ricachón recibió a los osos scouts con una sonrisa en los labios, pero no les dirigió la palabra. Parecía perdida en una nube de pensamientos tan espesa como la neblina por la que ahora cruzaban.

Para cuando llegaron al Osonian, la niebla ya había comenzado a levantarse. Las torres y torrecillas del museo eran visibles, pero el resto del enorme edificio estaba todavía oculto entre la bruma.

Cuando llegaron con la limosina al parque de estacionamiento, se escuchó un fuerte ruido. Con mucho esfuerzo los osos scouts lograron distinguir en medio de la niebla una silueta con sombrero de paja que golpeaba

13

con su bastón a la gran puerta del Instituto
Osonian. Era Gaspar Estafoso y su vistoso
traje verde resaltaba en la neblina.

¿Que podría estar haciendo el más grande
estafador del País de los Osos a las puertas
del Instituto Osonian antes de la hora de
apertura?

—Buenos días, Gaspar —dijo Hermano
Oso—. ¿Qué estas haciendo por aquí?

—Bueno, bueno —dijo Gaspar—, pero si

INSTITUTO
OSONIAN

son mis enemi... eh... mis queridos osos scouts. Y sin pretender meterme en lo que no me concierne, estoy haciendo lo que tendrían que estar haciendo ustedes: protestar contra esta atrocidad.

Los osos scouts buscaron con la mirada la atrocidad en cuestión. Pero no encontraron ninguna.

—¿De qué atrocidad hablas, Gaspar? —preguntó Hermano Oso.

—*Esta* atrocidad —dijo Gaspar, señalando la puerta.

Era una puerta con una mirilla y en ella un anuncio que decía: Cerrado hasta nuevo aviso.

# • Capítulo 4 •

# El ojo en la mirilla

Los osos scouts tuvieron que rendirse a la evidencia de que algo de razón tenía Gaspar. El Instituto Osonian era un museo público y sus puertas debían estar abiertas al público, aunque fuera un público estafador como Gaspar.

—¡Qué raro! —exclamó Fredo.

—¿Raro?, mejor digan, inadmisible —dijo Gaspar—. Ésta es una institución pública pagada por los impuestos de...

Gaspar se interrumpió en el medio de la frase al descubrir la presencia de la señora Ricachón. Ahora que la neblina había casi desaparecido, podía verla claramente.

—Pero, si no es otra que la señora Ricachón

—dijo Gaspar—. Siempre he tenido por usted una gran admiración. ¡No puedo decirle el placer que me da verla!

Nadie puede decir que Gaspar no es un zalamero, especialmente con las señoras, y ahora los scouts pudieron observarlo en plena acción. Con un movimiento elegante, Gaspar se quitó el sombrero y lo puso bajo su brazo junto a su bastón. Luego tomó la mano de la señora Ricachón y depositó en ella un beso. Y, mientras estaba así inclinado, se apresuró a sacar una lupa de joyero de su bolsillo para evaluar el enorme anillo que la señora lucía en su dedo.

—¡Qué hermosa esmeralda, señora! Una joya casi tan excepcional como la dueña.

Cuando Gaspar se irguió y se puso nuevamente el sombrero, el rubor cubría el rostro de la señora Ricachón.

—A primera vista es una esmeralda de 17 quilates —dijo Gaspar.

—En realidad, diecisiete y medio —corrigió la señora Ricachón.

—Mi querida señora, lamento no poder con-

tinuar esta conversación, pero debo partir.
Agregaré que, como ciudadano, siento gran
consternación por no poder entrar al Osonian
para realizar una pequeña investigación que
vine a hacer sobre los dinosaurios.

—¿Una investigación sobre los dinosaurios? —repitieron a coro los scouts.

—Así es —dijo Gaspar—. Estoy trabajando en una nueva teoría sobre la extinción de los dinosarios. Bueno. ¡Chau-chau!

Gaspar se llevó dos dedos al sombrero y se alejó haciendo girar su bastón.

—Tú eres el que debería estar extinto —gritó Hermana Osa.

—¿Por qué eres tan descortés con ese caballero tan encantador? —preguntó la señora Ricachón.

—¿Caballero encantador? —dijo Fredo—. Ése es Gaspar Estafoso, el más grande estafador del País de los Osos.

—¿Quieres decir —continuó la señora Ricachón—, que el señor Estafoso no es totalmente honesto?

—Señora Ricachón — dijo Hermano Oso—, la deshonestidad de Gaspar no tiene igual en el planeta.

—¿Y ustedes no creen que vino a hacer una investigación sobre los dinosaurios? —preguntó la señora Ricachón.

—No —dijo Lía—. Vino a investigar algo
que también es bastante antiguo: la colección
de gemas del Osonian. Vale millones y Gaspar
anda detrás de ella desde hace tiempo.

—Qué lástima —dijo la señora Ricachón—,
un señor tan amable. Pero, el profesor no
está actuando muy bien. Con qué derecho
cierra las puertas del Osonian. Quiero decir,
este es el museo más importante del País
de los Osos. Vienen osos de todos lados a
visitarlo.

—Quizás el profesor haya tenido que salir
en uno de sus proyectos de investigación
—dijo Fredo.

—Otra de sus gansadas, como las llama el
Ricachón —dijo la señora Ricachón.

—A propósito —dijo Lía, que siempre estaba interesada en la naturaleza—, el profesor
ha hecho unos estudios muy importantes
sobre los gansos.

—Ya lo sé. Soy una gran admiradora del
profesor —dijo la señora Ricachón—. Es mi
marido, Severo Ricachón, el que tiene problemas con él. Es el presidente de la junta de

directores del museo, y tiene serias dudas sobre cómo administra el museo.

—Quizás el profesor tenga buenos motivos para cerrar el museo —dijo Hermano Oso—. Hay que preguntárselo a él. Demos la vuelta al jardín para ver si el Cienciamóvil está aquí. Si el Cienciamóvil está aquí, también está el profesor.

Mientras los osos scouts y la señora Ricachón se dirigían hacia la limosina que esperaba, un pedazo del cartel que decía "Cerrado hasta nuevo aviso" se levantó y se pudo ver un ojo que observaba por la mirilla. Se parecía extrañamente al ojo del profesor Ipso Facto, pero con una mirada salvaje.

## • Capítulo 5 •

## ¡Pssst!

—El profesor debe estar dentro del museo —dijo Hermano Oso cuando llegaron a la parte trasera del museo—. El Cienciamóvil está en su lugar habitual.

—Y en el hangar está el Platillo Volador Uno —dijo Fredo.

El Cienciamóvil era una camioneta blanca que el profesor había adaptado para sus trabajos científicos. Estaba equipada con picos y palas para excavar en busca de fósiles, equipo de buceo para estudios marinos, un minilaboratorio y, en el techo, un telescopio para observar las estrellas. Platillo Volador Uno era la combinación de un aeroplano, un dirigible

y un submarino que se usaba para luchar contra la contaminación.

Los osos scouts y la señora Ricachón se detuvieron frente al hangar y observaron el gran artefacto.

—Ve usted —dijo Hermano Oso—, el profe-

sor no sólo es un gran científico, es también un gran inventor.

—Sí —dijo la señora Ricachón—. Pero, ¿por qué ha cerrado el museo hasta nuevo aviso?

Fue en ese momento cuando escucharon un fuerte ¡Psssst!

—¿No escucharon un fuerte Pssst? —preguntó Hermana Osa.

Lo siguió otro fuerte "¡Osos scouts, osos scouts, por aquí!"

Los osos scouts miraron con atención el museo. Estaba lleno de ventanas y puertas, y una de ellas estaba entreabierta. Detrás de la puerta, en la oscuridad se podía ver una figura.

Era el profesor. Los hizo entrar apresuradamente en el museo y los condujo escaleras abajo hacia un pequeño cuarto en el subsuelo que nunca habían visto antes. Tampoco habían visto al profesor actuar tan extrañamente. Sus ojos tenían un fulgor salvaje, demente. Su traje de *tweed,* generalmente impecable, estaba ahora todo sucio y arrugado. Y, ¿qué eran

esas marcas de quemaduras que se veían en las mangas?

La señora Ricachón había venido a decirle las cuatro verdades al profesor Ipso Facto y eso es lo que hizo:

—Profesor —dijo—, el Osonian es una institución pública. Usted no tiene derecho a cerrarla. Para serle franca, Don Severo Ricachón está muy *disgustado* con usted. Usted no contesta sus llamadas. Usted no contesta sus cartas. Si no cambia de actitud, me temo que el cartel "Cerrado hasta próximo aviso" cambiará por uno que diga "Nueva dirección".

El profesor se hizo pequeñito ante los reproches de la señora Ricachón y estaba por contestar, cuando Gil, su ayudante, apareció en el marco de la puerta.

—Es hora de preparar la prueba, profesor —dijo Gil.

—Ahora no—contestó el profesor.

—Pero, profesor —insistió Gil —, ¡todo está listo!

—Ahora no —dijo el profesor.

Gil se alejó escaleras abajo.

"¿De qué prueba estará hablando? —se preguntaban los osos scouts— ¿Tendría algo que ver con los extraños acontecimientos del Osonian?"

—Desgraciadamente, señora Ricachón —dijo el profesor—, lo que usted dice es verdad. He desatendido el museo, pero se debe a que estoy trabajando en un proyecto tan importante, que no lo puedo dejar de lado.

Debo continuar. Es algo que me he prometido a mí mismo. Se lo debo a la ciencia. ¡Se lo debo a toda la osandad!

—Profesor —dijo Hermano Oso—, ¿está usted trabajando en algún invento secreto?, ¿es por eso que ha cerrado el museo?

—No puedo negarlo —dijo el profesor—. ¡Pero ésta es la invención más importante de mi vida! ¡Una invención que cambiará la naturaleza misma de la vida...

La señora Ricachón y los osos scouts juntaron sus cabezas y tuvieron ahí mismo una reunión.

—...una invención que cambiará el curso de la historia!

—Esa invención —dijo la señora Ricachón—, ¿cuándo piensa que estará terminada?

—No puedo asegurarlo —dijo el profesor—, pero no debería tardar mucho. Una o dos pruebas más... y entonces, por supuesto, la presentaré al mundo. Será mi regalo para todos los osos del planeta.

—Bueno —dijo la señora Ricachón—, me he reunido con los scouts y hemos ideado un plan que debería complacerle a usted y a Don Severo. ¿Quiere saber de qué se trata?

—Soy todo oídos, señora —dijo el profesor—. Todo oídos y todo corazón.

## • Capítulo 6 •

## Espiar o no espiar

Puede ser que el profesor haya sido todo oídos y corazón, pero cuando escuchó el plan enseguida supo que no funcionaría. El plan consistía en que los osos scouts y la señora Ricachón reabrieran el museo mientras él y Gil terminaban de trabajar en su invención secreta.

Para el profesor Ipso Facto no era ningún problema que los osos scouts sirvieran como cicerones asistentes. Los osos scouts conocían bien el Osonian... especialmente Fredo, que no sólo leía el diccionario para distraerse, sino también la enciclopedia. Pero, reabrir el museo inmediatamente era imposible, aún con la ayuda de los osos scouts.

—Vean con sus propios ojos —dijo Ipso Facto.

Los osos scouts fueron a recorrer el museo y quedaron desalentados con lo que vieron.

—Es peor de lo que dijo el profesor —dijo Hermano Oso cuando volvieron para informar a la señora Ricachón—. El museo no sólo necesita una limpieza general, además le faltan muchas de las exhibiciones.

—¿Faltan muchas de las exhibiciones? —preguntó intrigada la señora Ricachón.

—Sí, para empezar la bobina Telsa, la máquina eléctrica que produce rayos.

—Y también la máquina de electricidad estática —dijo Hermana Osa.

—La que hace que a uno se le pongan los pelos de punta—agregó Lía.

—Hmm. Las cosas están peores de lo que me imaginaba —dijo la señora Ricachón—. Estoy verdaderamente preocupada por el profesor.

—Yo también —dijo Hermana Osa—. Ya comienza a parecerse a uno de esos científicos locos de las películas de terror.

—A pesar de todo —dijo la señora Ricachón—, pienso que debemos continuar con nuestro plan. Tendremos que esforzarnos un poco más. He aquí lo que vamos a hacer. Vuelvo a la mansión y traigo parte de mi personal doméstico. Donaré al Osonian todas las horas que lleve limpiarlo. Y esto es lo que quiero que hagan ustedes: quiero que descubran en qué se ha metido el profesor. Traten de descubrir de qué se trata esa famosa invención de la que habla.

—Usted quiere decir que quiere que espiemos a nuestro amigo el profesor Ipso Facto, que tiene tanta confianza en nosotros —dijo Hermano Oso.

—Exactamente —dijo la señora Ricachón.

—Muy bien, así lo haremos —dijo Hermano Oso.

# • Capítulo 7 •
## Sobre la pista de Gil

La parte del plan que le tocaba a la señora Ricachón estaba funcionando de maravillas. A los pocos días, su personal dejó el Osonian casi como nuevo.

En cambio, los osos scouts no tenían mucha suerte averiguando lo que estaba tramando el profesor. Aunque creían que conocían el Osonian al dedillo, no lograron encontrar al profesor por ningún lado. Lo buscaron por

todos los rincones, en cada resquicio, pero Ipso Facto se había esfumado por completo.

—Debe estar trabajando en su invención en *algún lugar* del museo —dijo Hermano Oso.

—Sí —dijo Fredo—. En algún lugar secreto, que sólo él conoce.

—Un momento —dijo Hermana Osa—. Di mejor, en algún lugar que él y *Gil* conocen.

—¡Es cierto! —dijo Fredo—. Gil debe saberlo. Él fue quien dijo "es hora de preparar la prueba" cuando estábamos en ese cuartito siniestro, ¿recuerdan?, y luego bajó por unos escalones.

—¿Crees que puedes encontrar de nuevo ese cuartito? —preguntó Hermana Osa.

—Espero que no —dijo Lía.

# • Capítulo 8 •

# En el vientre del Osonian

No les llevó mucho tiempo a los osos scouts encontrar el cuarto en el sótano, pero sí les llevó mucho tiempo juntar coraje para bajar los escalones. El hecho de que fuera una escalera de caracol no ayudaba mucho. Los osos estaban amontonados arriba tratando de ver algo. Pero, todo el mundo sabe que es casi tan difícil ver algo en una escalera de caracol como tratar de describirla sin usar las manos.

—Tengo miedo —dijo Lía.

—Nosotros también —dijo Hermano Oso.

—¿Cómo sabes que el profesor está ahí abajo? —preguntó Fredo.

—No lo sabemos —dijo Hermana Osa—. Pero sabemos que hay algo ahí abajo, porque es por aquí por donde bajó Gil cuando dijo que las pruebas estaban listas.

—Miren, chicos —dijo Hermano Oso—. Yo sé que esto da miedo, pero tenemos que bajar. El profesor nos ha ayudado muchas veces y si ahora se está yendo por las ramas con sus extravagancias, nos toca a nosotros salvarlo antes de que se caiga.

Así es que, con Hermano Oso a la cabeza, los osos scouts comenzaron a descender al vientre del Osonian. Bajaron y bajaron. La escalera era estrecha y oscura, y sus paredes de piedra eran ásperas y estaban mojadas por la humedad.

—¿Saben algo? —dijo Fredo—. He estado leyendo algunas cosas sobre el Osonian. No lo construyeron de una sola vez. Apuesto a que esta parte es la más vieja...

—Después, Fredo —lo interrumpió Hermano Oso.

Cuanto más bajaban, más oscuro se ponía. Finalmente, una luz comenzó a parpadear al tiempo que se escuchaban unos extraños chisporroteos y que sentían un olor muy raro.

—¿Qué es ese olor? —preguntó intrigada Lía—. Me parece conocido.

—Es ozono —contestó Fredo—. Es el olor que se siente antes de una tormenta. Lo producen los relámpagos.

La luz, el ruido y el olor se estaban haciendo cada vez más intensos hasta que de pronto la escalera terminó en un vasto recinto que se parecía a unas antiguas celdas.

La escena de locura científica que los osos scouts vieron allí era tan extraña que se quedaron mudos de la sorpresa.

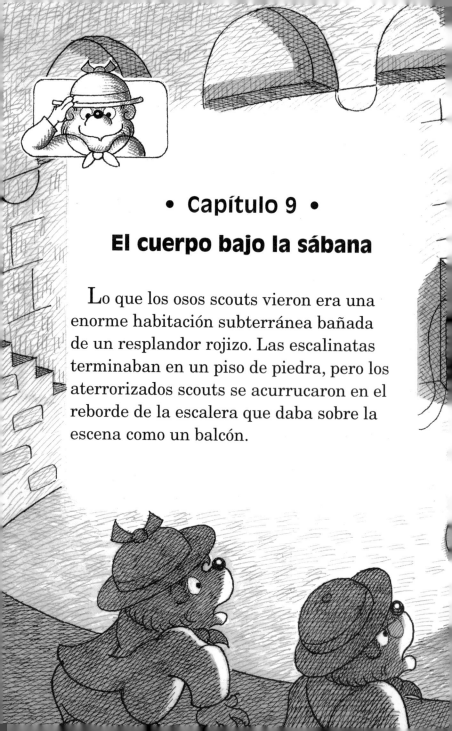

## • Capítulo 9 •

## El cuerpo bajo la sábana

Lo que los osos scouts vieron era una enorme habitación subterránea bañada de un resplandor rojizo. Las escalinatas terminaban en un piso de piedra, pero los aterrorizados scouts se acurrucaron en el reborde de la escalera que daba sobre la escena como un balcón.

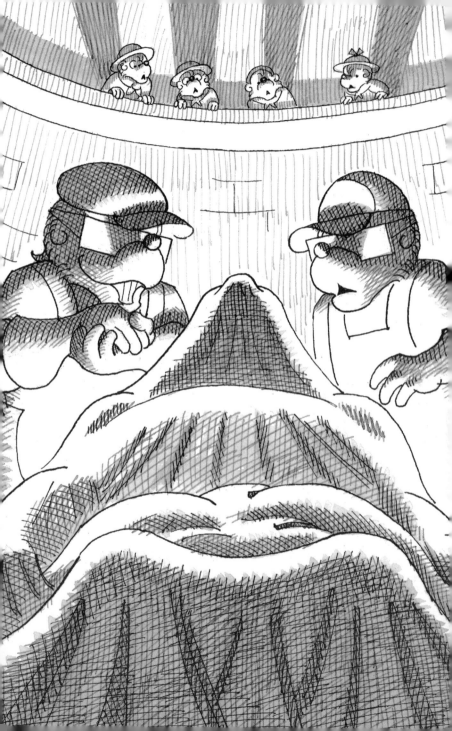

Temblando, los osos avanzaron por el reborde tratando de entender lo que veían. El resplandor rojizo venía de una hilera de luces en un tablero de control que seguía la línea curva de la pared del fondo de la cavernosa habitación. El parpadeo de la luz y los chisporroteos venían de una enorme bobina instalada detrás del profesor y de Gil.

¡Cielos! ¡Era la bobina Telsa! ¿Cómo había venido a parar aquí? La habrían desarmado para transportarla por pedazos.

Por supuesto, el profesor y Gil estaban allí. Aunque no era fácil reconocerlos con sus delantales de cuero y las oscuras gafas protectoras. También allí estaba la máquina de electricidad estática que había desaparecido misteriosamente de su sala en el museo.

Pero era lo que había frente al profesor lo que atraía la atención aterrorizada de los osos scouts. Era una mesa elevada. Sobre ella había un cuerpo cubierto con una sábana gruesa.

—¡Miren! —susurró Fredo.

—¡Ya lo veo! —respondió también susurrando Hermano Oso.

—¿Qué es ese ruido? —susurró Hermana Osa.

—Son... son... son... mis dientes que castañean —dijo Lía.

El profesor movió un botón del dial. El chisporroteo se hizo más fuerte. La enorme bobina comenzó a brillar.

—Es como en ese viejo libro —dijo Fredo—, ya sabes, ese sobre el Dr. Franskestoso.

—Éste no es el momento, Fredo —interrumpió Hermano Oso.

—Pero sí... —insistió Fredo—, era uno que quería crear vida y trataba de hacer una persona con pedazos de osos muertos.

—Por favor, Fredo —dijo Hermana Osa.

—Y que terminó creando un monstruo con un tornillo atravesado en el cuello —agregó Fredo.

—Sí, ya sabemos, ya sabemos —dijo Lía.

—¡Y lo hizo con la ayuda de la electricidad! —exclamó Fredo.

Los chisporroteos se hacían cada vez más

persistentes. La bobina brillaba con un resplandor rojizo. El olor del ozono llenaba el recinto. Gil empezó a dar vueltas a la manivela de la máquina de electricidad estática. Dio vueltas y vueltas cada vez más rápido. Los scouts sintieron la electricidad hasta en su propio pelo.

Por último, el profesor dio otra vuelta al dial. Un rayo de electricidad de color azul pálido comenzó a salir de la resplandeciente bobina. Dio otra vuelta más y el rayo azul cayó siseando sobre el cuerpo que estaba bajo la sábana.

Nada ocurrió. El cuerpo bajo la sábana permaneció inmóvil.

—¡Qué suerte! —suspiró aliviado Hermano Oso—. Sea lo que sea lo que está tratando de hacer, no funcionó. Vamos. Salgamos de aquí mientras sea posible.

Los osos scouts comenzaron a retroceder por el reborde. Tenían que escapar de ese horrible lugar. Justo en ese momento escucharon un tumulto en el piso de abajo. Era Ipso Facto y Gil que discutían. Ipso Facto estaba tratando de manipular el conmutador central. Gil trataba de impedírselo.

—¡No, profesor! ¡No! —gritó Gil—. ¡Nos va a freír a todos!

Pero el profesor no quería detenerse. Levantó la mano y bajó la palanca del conmutador.

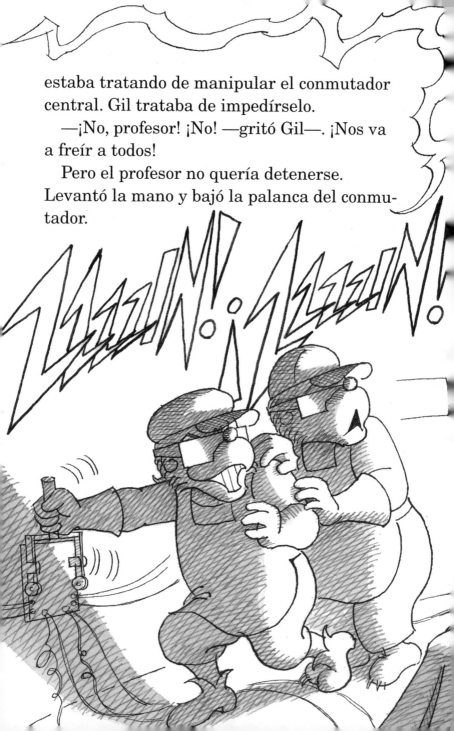

Una luz blanca enceguecedora iluminó la habitación. Centellas zigzagueantes cortaron el aire. ¡Zzzzin! ¡Zzzzin! ¡Zzzzin!

Y ante los ojos aterrados de los osos scouts, el cuerpo bajo la sábana se sentó.

## • Capítulo 10 •

## ¡Bajen y vengan!

Pero por más sorprendidos que estuvieran los osos por lo que acababan de ver, no era nada comparado con lo que ocurrió justo después.

El profesor Ipso Facto y Gil se arrancaron los delantales y las gafas de protección, se tomaron de la mano y bailaron por la habitación, vitoreando y gritando con todas sus fuerzas.

En ese momento, el profesor Ipso Facto descubrió la presencia de los osos scouts que los miraban boquiabiertos desde el reborde de la escalera.

—¡Pero, si son mis queridos amigos los osos scouts! —gritó—. Encantado de verlos. ¡Bajen y vengan! ¡Quiero presentarles a alguien! Y diciendo eso levantó la pesada sábana y puso sus brazos alrededor de los hombros de su última invención.

El monstruo del Dr. Frankestoso podía haber tenido un tornillo atravesado en su cuello, pero el monstruo del profesor Ipso Facto era puro tornillos. Tornillos, engranajes, tuercas, alambres, pilas, chips de computadoras, tubos de acero. Lo único que le faltaba era el lavadero de la cocina. Aunque hasta parecía que algunas de sus partes estaban allí presentes. Es decir, el monstruo de Ipso Facto no era un monstruo. Era un robot. Un robot con lámparas en los ojos, un robot lleno de tuercas y tornillos.

En términos robóticos era un robot de rasgos y formas muy simples. Tenía una cabeza cuadrada, una boca tubular, un pecho metálico, caderas sobresalientes, piernas y brazos que giraban, con manos y pies en forma de garras.

—Scouts —dijo el profesor—. Les presento a Roboso.

—¿Roboso? —dijeron los osos.

—Sí, y sirve para todo —explicó el profesor.

—Quiere decir que sirve para hacer todo tipo de trabajos —dijo Hermano Oso.

—Eso mismo estoy diciendo —dijo el profesor.

—Pero, ¿cómo? —preguntó Fredo.

—Como pueden imaginar —dijo Ipso Facto—, esa es una pregunta muy complicada. Por el momento, déjenme que les diga que Roboso contiene más información que toda la biblioteca de Villaosa. Se activa con el sonido de la voz y puede responder a cualquier instrucción que esté en su programa. Permítanme que les muestre.

—Roboso —dijo Ipso Facto—, estrecha la mano de mis amigos los osos scouts. Sé gentil. Este es Hermano Oso.

—Ho-la, Her-ma-no O-so —dijo Roboso, acercándose y estrechando la mano de Hermano Oso.

—Hola, Roboso —dijo Hermano Oso.

Mientras Ipso Facto hacía las presentaciones y decía los nombres de cada uno de los osos scouts, Roboso los saludaba y les estre-

chaba la mano. Como podrán imaginar, los
osos scouts estaban de lo más impresionados.

—Muy bien, Roboso. Les has mostrado a
mis amigos lo amable que puedes ser —dijo el
profesor, levantando un pedazo de piedra
caída de la pared—. Ahora, muéstrales lo
fuerte que eres. Roboso, rompe esta piedra.

Ipso Facto puso la piedra en las garras de
Roboso y éste la tomó, la estrujó y la hizo
polvo.

—¡Oh! —exclamó Hermano Oso.

—¡Asombroso! —exclamó Fredo.

—¡Fantástico! —exclamó Lía.

—¿Qué piensa hacer con Roboso? —preguntó Hermana Osa—. ¿Cuáles son sus planes?

—No lo he pensado todavía —dijo el profesor—. Por el momento lo más urgente es
hacer que Roboso suba la escalera de caracol.

Resultó más fácil decirlo que hacerlo.
Cuando el profesor dijo: "Roboso, sube las
escaleras", así lo intentó Roboso, pero lo hizo
en línea recta.

—No es grave —dijo el profesor—. Es normal que Roboso tenga algunos defectos al principio. En realidad, ahora que lo pienso, no lo programamos para subir escaleras de caracol.

El profesor y Gil ayudaron a Roboso a subir las escaleras, aunque por supuesto eso tomó cierto tiempo. Lo lograron diciéndole: "Roboso, sube un peldaño y dobla siete grados a la derecha", y así fueron repitiendo las instrucciones una y otra vez. Para cuando llegaron arriba, los ojos de Roboso estaban que echaban chispas.

—¿Por qué echan chispas los ojos de Roboso? —preguntó Lía.

—Es un simple problema de recalentamiento —dijo Ipso Facto—. Nada serio, no hay que preocuparse.

Pero el problema que Roboso había tenido con las escaleras era sólo el comienzo de los problemas que iba a tener en el futuro.

## • Capítulo 11 •

## ¡Profesor! ¡Profesor! ¡Venga rápido!

El profesor Ipso Facto fue el primero en admitir que Roboso necesitaba un poco más de trabajo.

—Pero eso era de esperar —dijo el profesor—. La mayor parte de las invenciones necesitan ajustes. La primera bombilla eléctrica de Tomás Bruno Edison explotó a los cuatro minutos. El primer aeroplano de Wilboroso y Orville Wright sólo se elevó a ciento ochenta y un pies de altura. El primer viaje a la Luna se desinfló en el camino y se estrelló en las aguas del Lago Gris.

—A pesar de todo —dijo la señora Ricachón—, quiero proponer un brindis. ¡Por el profesor Ipso Facto y su última y más grande invención, Roboso, el robot hacelotodo!

Los osos scouts, el profesor y la señora Ricachón levantaron sus vasos de papel y brindaron con jugo de frutas en la oficina del profesor Ipso Facto.

Luego, pusieron manos a la obra para terminar los preparativos de la presentación de Roboso al mundo, o por lo menos, a los ciudadanos del País de los Osos. El plan incluía una fiesta exclusivamente con invitaciones, que tendría lugar al día siguiente por la tarde en el gran vestíbulo del Osonian, y una conferencia de prensa que se desarrollaría en las escalinatas de la entrada del museo. El profesor envió además el siguiente comunicado de prensa.

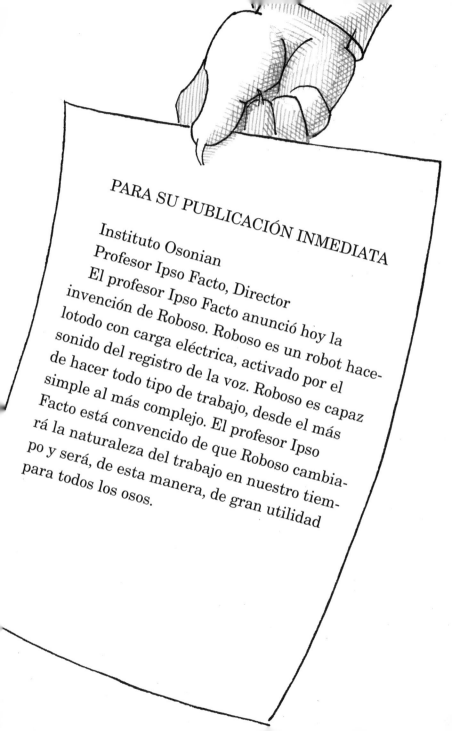

PARA SU PUBLICACIÓN INMEDIATA

Instituto Osonian
Profesor Ipso Facto, Director

El profesor Ipso Facto anunció hoy la invención de Roboso. Roboso es un robot hacelotodo con carga eléctrica, activado por el sonido del registro de la voz. Roboso es capaz de hacer todo tipo de trabajo, desde el más simple al más complejo. El profesor Ipso Facto está convencido de que Roboso cambiará la naturaleza del trabajo en nuestro tiempo y será, de esta manera, de gran utilidad para todos los osos.

Entretanto, Roboso ayudaba al personal de la señora Ricachón a terminar la gran limpieza del museo. Roboso había sido programado para responder sólo al registro de voz del profesor Ipso Facto. Pero, era tanto lo que había que hacer que agregaron la voz de Gil al programa de Roboso. Pasar la aspiradora, lavar las ventanas y sacar la basura eran tareas

simples, y Roboso las hizo muy bien. Con las instrucciones cuidadosas de Gil, Roboso supo hasta separar la basura del material para reciclar.

Todavía quedaba mucho por hacer para preparar los acontecimientos del día siguiente. El profesor escribía algunas notas para la conferencia de prensa, la señora Ricachón revisaba por última vez la lista de invitados y los osos scouts imprimían sus insignias de cicerones asistentes en la oficina de las computadoras. Todo parecía funcionar al dedillo cuando Roboso chocó contra un enorme obstáculo.

La puerta de la oficina se abrió bruscamente para dar paso a Gil que venía corriendo.

—¡Profesor! ¡Profesor! ¡Venga rápido! —gritaba— ¡Roboso está dando vueltas como un chiflado en la sala de los dinosaurios!

Ipso Facto, la señora Ricachón y los osos scouts salieron por la puerta más rápido de lo que lleva decir *"Tiranosaurio"*.

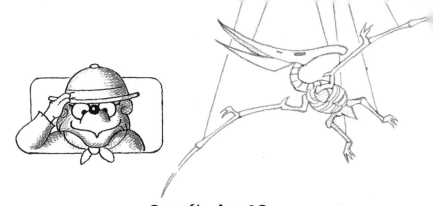

## • Capítulo 12 •

## Roboso refriega

La Sala de los Dinosaurios se encontraba al fondo del museo. Lo que Ipso Facto y los otros vieron al llegar les hizo perder lo poco que les quedaba de aliento.

Roboso estaba en pleno plan de ataque. Las lámparas de sus ojos echaban chispas, y en una de sus garras sostenía un hueso de dinosaurio como si fuera un garrote. Agustín, el

mayordomo de la señora Ricachón, y Berta, la mucama, estaban encaramados sobre el esqueleto del tiranosaurio. Otros miembros de su personal se habían puesto a salvo metiéndose dentro de las costillas de un brontosaurio.

Roboso vio llegar al profesor y a los otros y se lanzó contra ellos, con los ojos llameantes y el garrote en alto.

—¡Alto, Roboso! —gritó el profesor.

Y eso fue todo lo que hizo falta. La emergencia había terminado. Roboso se paró en seco. Sus ojos dejaron de echar fuego. El hueso del dinosaurio cayó al suelo. Todos los presentes respiraron aliviados. Agustín, Berta y los otros se bajaron de sus percheros.

—A ver, Gil —dijo Ipso Facto—, dígame que pasó.

—Ese es el problema —comenzó Gil—, no pasó nada. Roboso estaba muy tranquilo. Le di una escoba y le dije: "Roboso, barre" y él se puso a barrer. Cuando terminó, le dije: "Roboso, alto" y se detuvo.

—¿Y entonces? —preguntó el profesor escuchando con atención para descubrir cualquier indicio que explicara lo que pudo haber salido mal.

—Entonces, puse un trapo alrededor de la

escoba —continuó Gil—, se la di a Roboso y le dije: "Roboso, saca todas las telarañas". Y Roboso lo hizo muy bien. Sacó todas las telarañas. Entonces le dije: "Roboso, alto" y Roboso se detuvo.

—¿Y entonces? —dijo el profesor.

—Entonces, retiré el trapo de la escoba y le dije: "Roboso, refriega". Fue entonces cuando sus ojos empezaron a llamear y nos empezó a perseguir con el hueso del dinosaurio. Le grité: "¡Roboso, alto!, ¡Roboso, alto!" Sin resultado. Simplemente se volvió loco.

El profesor pensó durante un momento y dijo:

—Roboso no se volvió loco, simplemente entendió mal la palabra.

—¿Entendió mal la palabra? —dijo intrigada la señora Ricachón. Los presentes se miraron sorprendidos.

—Exacto —dijo el profesor—. Fredo, ¿cuántas definiciones hay para la palabra refriega? —preguntó el profesor.

—Una refriega es una batalla o una pelea violenta, pero también es frotar una cosa contra otra para limpiar —dijo Fredo.

—Humm —dijo el profesor.

—Humm, ¿qué? —dijo Hermano Oso.

—Les dije que Roboso necesitaba algunos ajustes —dijo el profesor.

Un poco más tarde, Ipso Facto y los osos se encontraban en la oficina del profesor analizando los acontecimientos del día y pensando en lo que tendrían que hacer al día siguiente. Ipso Facto parecía preocupado. Los osos scouts también.

—Profesor —dijo Hermano Oso—, ¿cree usted que Roboso está listo para ser presentado en público? Supongamos que se vuelva chiflado delante de las grandes personalidades.

—Roboso no se volvió chiflado —dijo el profesor—. Simplemente entendió mal la palabra. Es normal que se equivoque de vez en cuando, sobre todo en situaciones de gran estrés. No, lo que más me preocupa es que no haya respondido a la orden de detenerse.

—Se detuvo cuando *usted* se lo ordenó —dijo Lía.

—Exacto —dijo el profesor—, y ahí está la clave. Agregar el registro de voz de Gil al programa fue un error. Lo confundió. Tengo que sacar la voz de Gil del programa y mejorar mi propio registro, así Roboso me responderá a mí y sólo a mí. Mañana tendremos una situación de mucho estrés. Roboso escuchará muchas voces. Tenemos que asegurarnos de que no se confunda y se recaliente.

—Profesor —dijo Hermano Oso—, ¿qué le parece si nos aseguramos doblemente de que Roboso le responda a usted y sólo a usted?

—¿Qué tienes en mente? —preguntó el profesor.

—¿Se acuerda de ese juego que se llama "Simón dice"? —preguntó Hermano Oso

—Recuerdo el juego —dijo el profesor—, pero no veo qué tiene que ver con lo que ocurrirá mañana.

Hermano Oso se lo explicó.

Esa noche, el profesor hizo dos cosas. Puso a punto el registro de voces y reprogramó a Roboso para contestar sólo a las instrucciones que comenzaran con las palabras: "Simón dice".

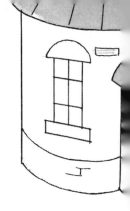

# • Capítulo 13 •

## ¡Ton-toron-ton—ton!

—Profesor, usted ha llamado a su última invención un robot hacelotodo. ¿Está usted sugiriendo que Roboso puede hacer cualquier trabajo que un oso hace?

—Es eso exactamente lo que quiero sugerir —dijo Ipso Facto.

La conferencia de prensa había atraído un público mucho más numeroso de lo previsto. Los periodistas habían venido desde los cua-

tro rincones del País de los Osos. Había incluso una camioneta-satélite de Granosa, la capital, para cubrir los acontecimientos en vivo. La conferencia tenía lugar, como se había previsto, en las escalinatas de la entrada del museo. Ipso Facto estaba en el escalón de arriba con un micrófono. Los cicerones asistentes Hermano Oso y Hermana Osa habían atado micrófonos en dos de las cañas de pescar del profesor y las movían de reportero en reportero a medida que llovían las preguntas.

—Profesor, ¿usted dice verdaderamente cualquier trabajo?

—Sí, por cierto —dijo el profesor.

—¿Por más difícil que sea?

—Exactamente —dijo el profesor—. Por más difícil que sea.

Los reporteros siguieron haciendo preguntas. Hermano Oso y Hermana Osa apenas si podían con el baile de las preguntas.

—¿Podría Roboso construir una casa, profesor?

—¿Pilotar un avión?

—¿Conducir un cohete a la Luna?

—¿Hacer una operación en el cerebro?

—Sí, sí, sí y sí —dijo el profesor.

—¿Podría Roboso ser un periodista?

—Con los ojos cerrados —dijo el profesor, y ante esa respuesta se oyeron algunas risas entre dientes en la audiencia de reporteros.

—Yo tengo una pregunta mucho más seria, profesor.

—Sera un placer para mí contestarla —dijo Ipso Facto.

—Señor, su comunicado dice, y leo, "el profesor Ipso Facto está convencido de que Roboso cambiará la naturaleza del trabajo en nuestro tiempo". Mi pregunta es: Si todos esos Robosos van a estar haciendo el trabajo, ¿qué nos quedará a *nosotros* para hacer? ¿Darnos vueltas a los pulgares, contemplarnos el ombligo?

—Los que quieran dar vuelta a los pulgares, lo harán. Aquellos que quieran contemplar, contemplarán —dijo el profesor—, pero los otros están libres de buscar más altos objetivos en sus vidas, escuchar la música del firmamento, promover la hermandad entre los osos. Pero usted me debe perdonar ahora, mis invitados están llegando.

Automóviles de todo tipo, simples y lujosos, entraban en ese momento al parque de estacionamiento del museo. Entre ellos se veían algunas limosinas, incluyendo la de Severo Ricachón. La señora Ricachón ya estaba adentro con los cicerones asistentes Fredo y Lía preparando la mesa con el ponche. Roboso estaba en un cuarto apartado.

Algunos invitados llegaron a pie.

—Oh, oh —dijo Hermano Oso—, ahí llega uno que no fue invitado.

Era Gaspar Estafoso, que venía muy sonriente y haciendo girar su bastón al ritmo de la música de la banda.

Hermana Osa tenía una copia de la lista de invitados.

—No —dijo—, la señora Ricachón lo puso en la lista.

—¡Ton-toron-ton—ton! —dijo Hermano Oso.

# • Capítulo 14 •
# ¡A divertirse!

El plan que Ipso Facto había arreglado con la señora Ricachón y los jóvenes cicerones asistentes, Hermano Oso, Hermana Osa, Fredo y Lía, era que Roboso recibiría a los invitados y se mezclaría con ellos, con Ipso Facto a su lado, por supuesto.

¿CÓ-MO-ES-TÁ-USTED?
QUÉ-PLA-CER-MUCHO-GUS-TO.
EN-CAN-TA-DO-DE-CO-NO-CER-LO.

La recepción funcionaba a la perfección. El profesor había programado a Roboso para que dijera algo diferente a cada invitado. A uno le decía: "¿Cómo está usted?", a otro "Encantado de conocerlo" y "Mucho gusto en conocerlo" a otro más. Los invitados estaban muy impresionados. Roboso les parecía una persona de verdad.

—Eh, este Roboso es un tipo interesante —dijo el granjero Prudencio—. Me pregunto si podría cebar a los cerdos.

—Pienso que sí —dijo la cicerone asistente Hermana Osa—. ¿Desearían usted y su señora esposa un poco de ponche?

—Gracias. Por supuesto que sí —dijo Prudencio.

—Sabes, hermanita —dijo Hermano Oso—, esta es la primera vez que veo al granjero Prudencio luciendo un saco de traje elegante.

—Y probablemente la última —dijo Hermana Osa.

Severo Ricachón no estaba tan impresionado con la cálida recepción de Roboso y sus "Có-mo-es-tá-us-ted-qué-pla-cer-co-no-cer-lo", como con la posibilidad de obtener trabajadores para su fábrica.

—Ese Roboso podría hacer el trabajo de cinco —dijo Severo Ricachón.

—¡Eh, miren! —dijo Hermana Osa—. ¡Roboso está bailando con la señora Ricachón!

—¿Qué es ese baile tan extraño? —preguntó Hermano Oso—. Oh-oh, los ojos de Roboso empiezan a llamear nuevamente.

—Se llama bugui-bugui —dijo Yayo—, y lo bailábamos cuando éramos jóvenes.

—¡Cielos! —gritó Yaya— ¡La está por tirar por encima de sus hombros! ¡A ver si alguien hace algo!

—¡Alto, Roboso, alto! —gritó el profesor—. Felizmente el joven cicerone asistente Fredo estaba ahí para recordarle que debía decir "Simón dice, alto."

—Gracias por-conce-derme-esta-danza,
señora —dijo Roboso.

—¡Eh, Roboso! —alguien gritó—. ¡Veamos
cómo bailas el tango!

—Y que tal un cha-cha-chá —gritó otro.

Roboso conocía todas esas danzas. Menos
mal que el profesor había perfeccionado el
registro de su voz. La idea de Hermano Oso,
"Simón dice", era genial. Con una excepción.
Como todos los que han jugado a "Simón dice"
saben, algunas veces uno se olvida de decir
"Simón dice".

—Ese Roboso es un bailarín excelente
—dijo Papá Oso—, pero ¿por qué le llamean
los ojos?

—Oh-oh, se está recalentando —dijo
Hermano Oso—. Profesor, no le parece que
debería comenzar dándole a Roboso algunos
trabajos fáciles.

—¡Tienes razón, Hermano Oso! —dijo el
profesor.

En ese momento, el profesor vio que el alcalde Horacio J. Jarrodulce y su esposa acababan de llegar y estaban junto al guardarropa, y se dio vuelta hacia el robot y le dijo:

—Roboso, ve a dar la... eh, Simón dice, ve a dar la bienvenida al alcalde y a la señora Jarrodulce, y guarda sus abrigos.

El profesor se tranquilizó al ver que los ojos de Roboso no llameaban más, pero su tranquilidad no duró mucho porque un segundo después se escucharon los gritos del alcalde Jarrodulce, a quien a menudo se le confundían las palabras.

—¡Pagan o salgo, eeh... hagan algo! —gritó—. ¡Este jamón picado, eeh... este robot chiflado está destrozando mi abrigo!

—¡Alto! ¡Alto! —gritó el profesor. Pero, para cuando se acordó de decir "¡Simón dice alto!" Roboso había llenado de marcas los abrigos de los Jarrodulce.

—¡Qué lástima por el alcalde y su esposa...

—dijo el jefe de policía Bruno, mientras los Jarrodulce salían enfurecidos del museo—, pero este robot sería un excelente guardia de seguridad!

—Hablando de seguridad, profesor —dijo Hermano Oso—, acabo de ver a Gaspar

Estafoso que entraba sigilosamente en la Sala de Gemas.

Ipso Facto sabía lo que eso significaba, y no dudó, ni olvidó decir "Simón dice".

—¡Simón dice, apodérate de Gaspar Estafoso! ¡El del traje verde! —gritó el profesor.

Roboso se lanzó hacia la Sala de Gemas sumida en la oscuridad y pronto se escucharon ruidos de lucha y gritos pidiendo auxilio. El profesor y los osos scouts entraron corriendo en la sala y prendieron la luz.

Las gemas estaban a salvo en sus cajas. En cuanto a Gaspar no se podía decir lo mismo. Estaba en calzoncillos y en las manos de hierro de Roboso que había destrozado gran parte de su vestimenta.

—¡Simón dice, alto! —gritó el profesor.

Roboso se detuvo. Pero sus ojos seguían llameando peligrosamente. Gaspar, por supuesto, estaba rabioso.

## • Capítulo 15 •

## Recalentado

—Está usted detenido, Gaspar —dijo el jefe de policía Bruno—. Venga conmigo.

—¿Detenido? —gritaba Gaspar—. ¿De qué se me acusa?

—De exhibicionismo.

—Estoy muy agradecido de que Roboso haya salvado la colección de gemas —dijo el profesor—, pero no entiendo por qué le arrancó la ropa.

—Yo creo que sí entiendo —dijo Fredo—. Usted le dijo a Roboso: "¡Apodérate de Gaspar!, ¡el del traje verde!" Roboso pensó que le decía: "¡Apodérate de Gaspar Estafoso, del traje verde!"

—Bueno, por lo menos las gemas están a salvo —dijo el profesor.

—Sí —dijo Gil, que se había acercado al grupo—. Pero no Roboso. Él sigue recalentándose mucho.

—¿Qué sugieres? —dijo el profesor.

—La fiesta ya está por terminar, de todos modos —dijo Gil—. Dejémoslo aquí para que se enfríe.

—De acuerdo —dijo el profesor.

Los ojos de Roboso seguían echando llamas rojas cuando apagaron las luces de la Sala de Gemas y cerraron la puerta detrás de ellos. Fue la última vez que lo vieron entero.

# • Capítulo 16 •

# Una idea oportuna

Escucharon los ruidos cuando se estaban despidiendo de Severo Ricachón y de su esposa. Parecía como si fuera una ristra de petardos, pero el sonido estaba cubierto por el alboroto de la fiesta.

—Profesor, quiero agradecerle esta tarde espectacular —dijo Severo Ricachón—. Es un placer ver el museo en condición tan impecable. Un tipo interesante ese Roboso. Ya me puedo imaginar a toda una fila de ellos trabajando para fabricar más Robosos. Excelentes trabajadores. No se paran para tomar café. Trabajan 24 horas al día. Le digo profesor, es una idea muy oportuna.

—Gracias, Don Severo —dijo Ipso Facto—.

Fue muy amable de su parte venir a nuestra presentación, y a usted señora, permítame manifestarle mi más profundo respeto.

Los Ricachón fueron los últimos en partir. El profesor Ipso Facto, los osos scouts y Gil fueron corriendo a la Sala de Gemas y prendieron la luz.

Allí yacía Roboso en una pila de tuercas, tornillos, alambres, chips de computadoras y pedazos de lavadero de cocina.

—Oh, ¡cuánto lo sentimos! —dijo Hermano

Oso, mirando el triste espectáculo. El resto de la patrulla también masculló su pena.

—No hay de qué apenarse —dijo el profesor—. Lo único que lamento con Roboso Uno es no haberme ocupado más a fondo del problema del recalentamiento. Pero eso se puede corregir fácilmente.

—Dijo "Roboso Uno" —dijo Hermana Osa—. ¿Eso quiere decir que va a haber un Roboso Dos?

—¿A ustedes les parece que tendría que haber otro? —preguntó Ipso Facto sonriendo.

—Bueno, no lo sabemos —dijo Hermano Oso—. Usted es el inventor.

—Así es —dijo Ipso Facto con una pequeña sonrisa—. Gil, por favor, ocúpese de lo que queda de Roboso. Ya sabe lo que tiene que hacer. Vamos osos, vamos a tomar un poco de aire. Disfrutemos de la puesta de sol.

Los osos scouts y el profesor se sentaron en las escalinatas de la entrada del Osonian y

observaron el paisaje del País de los Osos.
Podían ver la granja de Prudencio y, un poco
más allá, la casa en el árbol de la familia Oso.
Hacia la izquierda, la agitada ciudad de
Villaosa con sus negocios, escuelas y fábricas.

—¿Sabe algo profesor? —dijo Hermano Oso.

—Lo sabré si me lo dices —respondió el
profesor.

—He estado pensando —dijo Hermano
Oso—, sobre la cuestión del trabajo y todo
eso. Mire al granjero Prudencio, por ejemplo,
a él le gusta cebar cerdos, dar de comer a las
gallinas y andar en su viejo tractor.

—Sí —dijo el profesor—. Me imagino que le
gusta.

—Lo mismo ocurre con mi papá —dijo
Hermana Osa— A él le gusta trabajar la
madera. Serruchar y clavar. Y la doctora
Funes, a ella también le gusta ser doctora y
ocuparse de la gente.

—Lo mismo que el jefe de policía Bruno

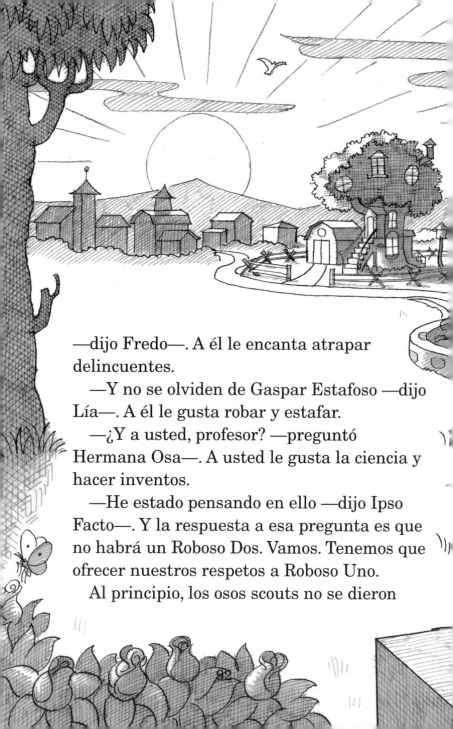

—dijo Fredo—. A él le encanta atrapar delincuentes.

—Y no se olviden de Gaspar Estafoso —dijo Lía—. A él le gusta robar y estafar.

—¿Y a usted, profesor? —preguntó Hermana Osa—. A usted le gusta la ciencia y hacer inventos.

—He estado pensando en ello —dijo Ipso Facto—. Y la respuesta a esa pregunta es que no habrá un Roboso Dos. Vamos. Tenemos que ofrecer nuestros respetos a Roboso Uno.

Al principio, los osos scouts no se dieron

cuenta de que Gil estaba en el jardín delante del museo cavando un foso. A su lado había un cartel y una bolsa de plástico llena de tuercas y tornillos...

—Es una bolsa de plástico triple para evitar la contaminación —explicó el profesor.

Gil bajó la bolsa de plástico al foso y la cubrió con tierra. El pequeño grupo miró la puesta de sol, y luego regresaron al Osonian. Lo único que quedaba de Roboso era un montículo de tierra y un cartel que decía:

AQUÍ YACE ROBOSO, UNA IDEA NO MUY OPORTUNA QUE SE FUE AL FOSO.

# • Sobre los autores •

Stan y Jan Berenstain escriben e ilustran libros sobre osos desde hace más de treinta años. Su primer libro sobre los osos scouts fue publicado en 1967. A través de los años, los osos scouts han hecho todo lo posible para defender a los indefensos, atrapar a los estafadores, luchar contra las injusticias y unir a todos contra la corrupción de todo tipo. De hecho, los scouts han cumplido tan bien con el Juramento de los Osos que los autores piensan que: "bien se merecen su propia serie".

Stan y Jan Berenstain viven en Bucks County, Pennsylvania. Tienen dos hijos, Michael y Leo, y cuatro nietos. Michael es artista y Leo es escritor. Michael colaboró con las ilustraciones de este libro.

**No te pierdas a**

# LOS
# OSOS
# SCOUTS
*Berenstain*

# y el monstruo de hielo

Una vez más, la multitud dirigió la mirada hacia el gran mariscal Papá Q. Oso en busca de una decisión. Los osos scouts lo rodearon y dijeron:

—¡Vamos, Papá Oso! ¡Somos más numerosos que él!

—Sí —dijo Papá Oso—, ¡pero él es mucho más feo!

Por un momento hubo empate. Un movimiento de retirada por parte del monstruo produjo uno de valentía de Papá Oso y de la multitud.

—¡Persigámoslo! —ordenó Papá Oso—. ¡Mostrémosle lo que es el día del Juicio Final!

El monstruo echó una mirada a los palos y las piedras y se alejó arrastrándose.

—¡Miren! —gritó el scout Fredo—. Está yendo hacia la torre de hielo.

—¡Cielos! —gritó Hermano Oso—. Se está subiendo a la torre!

Era todo un espectáculo: el horrible y gigantesco monstruo de la nieve que subía a la gran torre de hielo y la multitud enloquecida agrupada a su alrededor que blandía sus armas de ocasión. La llegada ruidosa del jefe de policía Bruno y de la oficiala Margarita en sus vehículos para la nieve no hizo más que agregar a la confusión.

—Tenemos un problema monstruoso, jefe —dijo Papá Oso—. Pero se me ocurre una idea. ¡Sólo existe un individuo que pueda enfrentársele y es Patagrande¡ Préstenme uno de sus vehículos e iré a buscarlo.

—Pero, Patagrande está invernando —protestó Hermana Osa—. Nadie puede decir lo que ocurrirá si tratan de despertar a un oso en invernación, ¡especialmente uno tan grande y poderoso como Patagrande!

—No hay otra posibilidad. Tendré que arriesgarme —dijo Papá Oso, al mismo tiempo que se subía a uno de los vehículos de nieve y salía a toda velocidad hacia las montañas.

# Cuando en el País de los Osos hay problemas . . .
## ¡los osos scouts Berenstain llegan al rescate!

**LOS OSOS SCOUTS Berenstain®**

### por Stan y Jan Berenstain